ただいまと おかえりの間で

上野 明子
Akiko Ueno

文芸社

ただいまとおかえりの間で

目次

コロナと私の一生の思い

そもそもの始まりは、二〇二〇年十二月二十日、午後四時頃のことでした。

スーパーの帰りに女子学生さん二人にお逢いして「こんにちは」と挨拶をされたので、私も「こんにちは、お帰りなさい」と言いました。その時、余所見《よそみ》をして、前を向いた時にマンホールの段差に躓《つまず》いて、膝と両手をつきました。

学生さんが、「おばさん大丈夫？」と言ってくれましたが、心配かけまいと思って、「はい、大丈夫よ。早く帰って」と、言いました。でも、本当は少し痛くてすぐには起き上がれなかったのですが、我慢をして帰りました。家に入るなり、玄関で荷物を持ったまま靴を脱ごうとした時に倒れました。

その時は、訳もわからず思わず涙が出て困りました。

赤ちゃんのようにつたい歩きをして冷蔵庫の前まで行き、リュックを下ろして、足をなげ出して座ったまま買ってきたものを冷蔵庫に入れました。後で私は何をしているのだろう……と泣き笑いしました。

痛かったなあーと膝を撫でていました。

その後でなぜかぼんやりとしていましたが、後で思うとバカみたい。夜になって帰ってきた息子に話すと、お母《かあ》ー歩けるか、と言われ、まあーなんとか、と言って笑い話になりましたが、その時は痛くても我慢していました。

息子が、「お母ー、お医者さんへ行かなくてもいいのか?」と言ってくれましたが、もし痛くなったら明日お医者さんへ行くよ、と言うと安心したようでした。

それからもバスで買い物に行きました。

年が明けて、二日に頭が痛くなりましたが、お正月はどこもお医者さんは休みだし、私はよく耳かきを使いますので、それで頭が痛くなったと思い、タクシーを頼んで耳鼻科へ行きました。診察を受けましたら、次は耳がどの程度聞こえるのか検査を受けました。

「上野さん、あなたは二年ほどしたら補聴器を着けてください。その時は、ここへ来てください」、と言われて帰って来ました。

これは大変だと思いました。

本当にあの時は「ボンヤリ」していた、いや毎日の事ですが、つらいなあ……。

それからも何もなかったようにバスで買い物に行きましたが、時々膝をかばうようにして歩いていました。一緒に買い物をしていた方から「あなた、足が痛いの?」と言われました。「ハイ、道でこけて膝を打ったの」と言いますと、「膝に水がたまると大変よ」と言ってくださったので、数日たってから整形外科へ行きました。

「どないしたの」と聞かれ、問診票に二〇二〇年十二月二十日にスーパーの帰りにマンホールの段差につまずいてこけました、と書きました。先生にレントゲンを撮りますと言われ、両ひざと両手のレントゲンを撮ってもらいました。「上野さん、レントゲンで見ても、どこも悪くないですよ。お薬は出しません」と、言ってくださいました。

「では、お大事に」と言われてお会計を済ませて、帰ってきました。もう、これで安心と思いました。でも、それからも時々痛くなるのでサロンパスを両膝に貼っていました。

　私は「月一回」の診察を受けている内科で、六月にコロナのワクチン注射を二回受けました。

　もうこれで大丈夫と思って、買い物バスでスーパーへ行きました。買い物を終わってバス停で腰かけようとすると、ある方が「あんたは、もっとそっちへ行き」と言って、また店の中へ入って行かれました。

　その時は、なんのことだか私にはわからず、頭の中がポカーッと穴があいたような気持ちでした。家へ帰って考えて、昨年の十二月に余所見をして躓いたことを、学生さんが家で話したんだろうと思いつきました。でも、それは昨年のことなのに、なぜ今になって掘り返そうとなさるのか？　今は七月の初めで、それも私のよく知っている方に言われましたので、家に帰って悩みました。なぜ、あの方にあんなことを言われなければならないのでしょうか？

人の「うわさ」は七十五日と言いますが、それ以上もたっています。膝を怪我しただけなのに、なぜか「コロナ」という病気にさせられてしまいました。

私がこのことを友達にお話しすると、「何も聞いてないよ、気にしないで」と言ってくれました。でも、なぜありもしないことを言われたのかと、不思議でなりませんでした。

そのことを子育て支援の会長様に、「私が何かの病気になっているという話が出ているのですか？」とお尋ねしますと、「何もありませんよ」と、言われました。息子に話すと、子育て支援の会にエプロンと名札を返すようにと言われましたので、近い内にお返しに行きますと話しました。

それから「エプロンと名札」を役員の家に行って「一応お返ししておきます。また『会』に行ける時があれば、一般として参加させていただきます」と話しました。

なんだか寂しいような、腑抜けたような気持ちになりました。

それから私は、いつでも参加できるように、エプロンと名札をスーパーで買いました。

私は、小さいお子さまたちの元気な顔が見たくて、うずうずしていました。

だいぶ日がたってから市民センターへ行きますと、「そのエプロンと名札はスーパーで買われたのやろ」と、嫌味を言われました。コロナのこともその方が言われたのでした。

会長にご迷惑をおかけしましたと話しますと、よく来てくれたねと言っていただきました。さる会員の方が、上野さんがある事情でエプロンを返されましたと話されたよ、と仰いました。

足が悪いのでと言ったら、この年になったら、治るのには長引くよと慰めてくれました。その時は優しい人もおられると嬉しくなり、後で涙が出ました。

それに子供さんたちの元気な顔が見られて、心がうきうきしました。

数日たってからバスの中で親切にお話ししてくださった方にスーパーでお逢いしました。私が「こんにちは」と言いますと、「あー」と言って、私から逃げるように離れていってしまいました。私は買い物を済ませ、会計を終えて袋に入れようとしていますと、何も言わずに缶ジュース三本を私の横に置いて、さっきの方は逃げるようにしてお帰りになりました。仕方なく、一応受け取って持ち帰りましたが、なんだか、すっきりしない気持ちでした。あの方は、なぜそのようなことをされたのか？　疑問に思いました。

スーパーで、これまでとは違う変な目で見られるようになってから、行くのをやめました。今までは笑顔で「こんにちは」と頭を下げてくれていましたのに、人間て、そんなに変わるものなのかと、逆に感心しました。

お医者様の帰りにスーパーに行こうかなと思ってはみたものの、結局素通りして帰りました。

コロナという病気のことですっきりしませんので、保健所と市役所へ「こけたらコロナになるのでしょうか？」とお電話しますと、「そんなことありません、誰が言うのですか？」と言われました。この言葉を聞きましてから、少しは楽になりました。

人の「口」と言うのは何でも病気にしてしまうのですね。バスの中で年配の男性に話しかけられましたので、私も答えていますと、近くの女性が首を振られました。そうすると、男性は急に、少し耳が遠いのでと言って、ごまかされました。なんだかいやな気分でした。

もし、自分がその目に遭われたら、どう説明されるのでしょうか？

私は月に一回、お医者さんへ行って血液、尿、血圧の検査を受けて、六カ月に一回、レントゲンと心電図の検査を受けています。「上野さんだいぶ良くなっているよ、ほれ」と言って診察表を見せてくださいました。先生が気を使ってくださっていると思い、嬉しかったです。

先述のように私は道でつまずいてこけましたから、整形外科で両膝と両手のレントゲンを撮ってもらいました。どこも悪くないと言われましたが、コロナのワクチン接種を二回も先生から受けましたのに、周りの人にコロナとまちがわれました。

先生は、「私にどうしろと言うの？」と言われましたが、でもコロナには罹っていないと言われました。私も、これで安心しました。

先生も、私が心配して動揺していると思い精神安定剤を処方してくださっていたのに、気がつきませんでした。

いつもの検査を受けてから、私に「どうですか、安定剤をお渡ししましょうか？」と言ってくださったので、「コロナのこともありますから、お願い致します」と、言いました、やはり「先生」は、私を気にしてくださっていたのだと思うと、嬉しかったです。二〇二一年最後の診察日でもありましたから、先生方に、「一年間お世話になりました、良いお年をお迎えください」と言ってお薬をいただいて帰りました。

コロナのことで落ち着くことなく、出歩くのにもまだまだ神経を使います。そんなときに体調をくずしたある日、夕方になってバスで診療所へ行こうと、バスの時刻表を見ていると息子から、これから帰るという電話がありました。体調不良で夜間診療へ行こうとしていたところやと話していると、すぐに息子が帰ってきて、送ってくれました。

診療で先生から「どうしましたか？」と聞かれ、体温測定と尿の検査を受けました。あとは問診だけでしたが、お薬を頂いて帰って来ました。先生が、「今はコロナで、みんなの気が動揺しているからね」と、と言われました。

そうそう、先生の服装はコロナの検査をされるのと同じ、頭から白の防護服を着ておられ、びっくりしました。今や色々な病気の人が来られますし、またこの時期のこともありましょう。

家の周りの草がよく伸びていたので、足が痛いのでせん定用の鋏《はさみ》で草を刈っていますと、近所の夫婦が草を引いたほうが早いのにと笑いながら通られました。その時、人の気も知らずにと、思いました。私は足が痛いのに、何も言わずに通ってほしいと思いました。このことを息子に話すと相手にするなと言われました。

整形外科の先生は無理をしないように、草引きのことは考えずに足のことだけを考えたらいいと言ってくださいました。

夕方にある年配の方にお逢いして、お久しぶりです、と挨拶をしましたら、お元気でしたか？　と言われましたので、足のことや「コロナ」の話をしますと、「あなたはまだ若いのだから早く足を治してくださいよ、私は九十二歳になりました。前にお逢いしてから、もう十年になりますか？　年月がたつのも早いですね。あなたも無理をしないようにしてください」とお喋りしてお帰りになりました。私は嬉しかったです。

沖縄で「オミクロン株」の感染が確認された人の潜伏期間が、三日前後で「デルタ株」よりも短かったとのこと。また「オミクロン株」は発症から七日~九日間で他の人に移す力がなくなる事が報告されていた。

「新型コロナ」の陽性者で、症状の軽い人たちは自宅待機かホテルを用意されていますが、自宅待機の方で、亡くなっている人も多いと言われています。そのことを思いますと、今、私も人さまから白い目で見られていると思うと、何もできません。

バスに乗って買い物にも行かれなくなる、どうすればいいのか？

でも、今はバスで買い物に行きますと、「足、治った？　痛くない？」と私の横に来て親切にお話しをしてくださる。なんだか夢のようでありがたいことです。足から「コロナ」につながるのかなあーと悩むこの頭です。

でも現在「コロナ」になった方が日本中に広がりました。お互いに心を引き締めて自分で自分を守っていかねばなりません。

見えない病原菌「コロナ」はいつどこからきたのかと息子と話していますと、中国やろ、お母ーも言ってたやと、息子が言いました。あの客船からや、乗客がバスで病院へ連れて行かれていました。それから次から次へと広がったのではなかったのかな？

テレビのニュースで、お医者様が少し体調が悪いという電話がよくあると話されていました。発熱で診察に来られて検査したら、「オミクロン株」に感染していた、何日に人様とお逢いしたかと先生に聞かれたら、二十日頃に人と逢って話をしました。その後で熱が出たらしい……。

その先生は、人に逢った時は長話をせず、熱を測り、熱が出たらすぐに医者に行くように、そのように対応していると話をしておられました。

「なるほどな」と思いました。

私も一月二十八日に定期検診にお医者様に行きますと、先生が新型コロナウイルス、三回目接種ワクチンを「二月十五日火曜日午後三時三十分に仮予約にしますが、どうですか？　後で受付に言ってください」と言われました。お薬をいただく時に本予約は二月に入ってからと言われました。二月十四日予約票を頂きましたら、新型コロナウイルス、ワクチン第三回目ブースター接種とありました。

以前は、二回とも「ファイザー」でした。

三回目は注意が必要とか、どうもないかなーと心配になってきました。……まあ、いいや、その時はその時で考えればよい。でも危ないとか言われまして、私も、どうしたらいいのかと迷っていました。

家の中を片付けせねばとも考えましたが、すぐに注射の日が来ました。

注射をしていただいた夜はどうもなかったのですが、明くる日にトイレへ行ってから廊下に出たら、すぐに倒れてしまいました。頭がボーッとして、もがいても支えになるようなものがなく、しばらく起き上がることもできず横になったままでいました。もうダメだと思いました。

しばらくして落ち着いてから、ドアにつかまり立つことができました。注射で足から先に順番にやられたようです。それから服の総着替えをして、何もなかったように椅子に腰かけていました。

テレビを見ながらポサーッとしていますと、夜になりご飯を炊く事も、お茶の用意も出来ないぐらい頭が変になりました。

毎日が変なのに、今日は特別に変でした。

息子に電話で、ご飯の用意が何もできていないと話しますと、お弁当を買ってきてくれました。

悪いねえと言うと、いつもの事やろと笑いながら話してくれました。

私にしたら笑いごとではありません。本当に苦しかった、どうなるのかと思いました。

注射でこんなにひどくなるのか、明日はどうしようかと思いました。

二月十七日、古新聞を出す日だったので、それだけを出して、また横になったり、テレビを見たりしていました。お茶は用意したけれど、ごはんを炊くのを忘れたと息子に言うと、お弁当を買ってきてくれました。

いつまでこんな状態が続くのかと思うといやになりました。というより息子に申し訳ないと思い、十八日は生ゴミを出す日なので玄関に用意しておきましたが、朝、足がふらつきましたから、息子が仕事に行く前に出してくれました。

こんなのは初めてのことで、どうなるのかと思いました。そして手がだるくて、夜にお茶だけは用意したが、ご飯を炊いていないと言うと、明日は買い物の日ですが、何か買って帰るから行かなくていいと息子に言われました。まだ手が思うように動かずなので寝ていました。おふろも入れず、困りました。

もし入れば湯舟で手がすべり出られないようになるかもと思いました。

コロナのワクチン三回目の注射を打ってもらうと、こんなことになるのかとよくわかりました。

やはり身体がワクチンに負けたようで、熱は三十六度七分まで上がりました。常は三十五度七分までです。頭は痛くなかったので助かりました。いや、まだどうなるかわかりません、もう少し寝ようと思っています。

コロナのワクチン注射で、もしもっと死に近づいていたらこんなことは書けません。もう少し様子を見ようと思います。元から立派な頭でもないのにこれ以上悪くなったらどうすればいいのか、どなたか教えてくださいな。これで精いっぱいですよ。コロナ、コロナと言われている昨今、三回目のコロナ注射で苦しむ人が多いと良く聞きましたが、私も、その通りで三回目の注射で、もう少しで……。でも、こうして元気になりました。

息子も会社を三連休にして三回目の注射を打ってきました。帰るなり、どうだった？と心配して、今夜から二～三日は身体が心配だから、三日分袋に着替えを入れて息子に寝る前に渡してやりました。大丈夫だと思うけれど、と言って二階へ持って上がりました。

その三日間は自分のことのように気持ちが落ち着きませんでした。二日目にスーパーへ行くと言うので、苦しかったらタクシーを呼んで運転手さんを二人頼みやと言い、電話番号とお金を渡してやりましたが、元気で帰ってきましたので、安心しました。

私って、「親バカ」でしょうか？　四日目から仕事に行きました。仕事から帰るまでは、落ち着きませんでした。明日からはお弁当を持って行くと言いましたから、朝少し早起きをしてお弁当を渡してやりますと、「ありがとう、お母ー、行くわ」と言い「玄関を閉めて」と言って行きました。今まで「ありがとう」という言葉も聞いたことがなかったので、嬉しかったです。

時々、「おおきに」とは聞いたこともあるように思いますが、私は幸せです。

買い物に行ったために昼食が遅かったので、息子が帰ってきたら夕食はどうすれば……と思っていた時、急に体調が悪くなりました。お湯に入ることもできず苦しくなり、一晩のうちに何度もトイレに行き、その都度足がふらつき、朝までに五、六回ほども着替えました。

前日に気温の変化で身体がだるくなったから、やはり「生の身体」ですものね。また廊下で倒れるのかなと、そればかり考えていました。朝十時過ぎに起こしてもらいました。でも身体がすっきりしないまま、洗たく機を回しました。まだフラフラしていました。

二日ほどは、トイレへ行くのにも苦しみました。腰が痛かったので、柱につかまって行きました。

「マスク、手洗い」は常に実行しています。

それなのに今さらと頭が変になりそうです。

息子の朝食やお弁当作りもできなくなり、すまない気持ちでいっぱいです。朝、息子が「お母ー、行ってくるよ」と声をかけてくれる毎日です。

ウクライナのことを考えながらの日々

今や、自分のことよりもウクライナのことばかり考えてしまいます。恥ずかしいことですが、買い物に行った時、考え事をしながら前ばかり見て歩いていると、ふと、車止めが目に留まりました。三、四人が「上野さん、前をよく見て」と、言ってくださいました。

本当や、もう少しで前にマンホールで躓いたことの二の舞になるところでした。ありがとう、とお礼を言いました、この時お逢いした皆さんは親切な方ばかりでした。でも、私はいまだに近所のスーパーに行けないし、数歩も歩けないほど神経質になりました。

今でも、どことなく身体の不調が続いています。それこそ、一カ月二十五万円も払って老人ホームに行くことになるのかも？　でも、そんなお金はありません。

話は変わりますが、私ね、以前にお世話になった方に、自著を三冊持って行きました。その方は奈良にお住まいの娘さんにお渡しになり、娘さんがお読みになったそうです。そして、「お母さん、つつじに本を書いておられる方がいらっしゃるのねと、娘が教えてくれました」、と奥さんが私にお話ししてくださいました。

その言葉をお聞きしましたら、嬉しくなりました。これも文芸社の皆様のおかげです、ありがとうございます、おおきにです。

もっともっとたくさん書いて見せてくださいね、と優しい言葉でお話しくださいました。

私も身体の不調でウクライナの惨事がぼんやりとしか頭に入らなかったのですが、ニュースで道路脇に黒い袋に入れて死体が並べてあるのを見て、愕然としました。二人の男性が横溝を掘り、遺体が入った黒い袋を埋葬していました。

見ていて哀れに思いました。

私は久しぶりに「おじゃまる広場」（ボランティア）に参加してきました。皆さんは親切にお久しぶりですと言いながらお話しをしてくださいました。

私は名簿から省いてくださいとお願いをしましたが、保険のこともありますので、そのままにしておきますと、正、副会長さんが言ってくださいました。

スタッフの男の人も、これからもずっと来てくださいよと親切にお話しくださいました。嬉しかったです。

久しぶりに子供たちを見て、おもちゃの片付けもさせてもらいました。

家に帰りますと、友達が私を気遣ってお電話をくださいました。優しい友達を持ったと、また嬉しくなりました。これからは何かがあれば連絡し合うようにしましょうと語り合いました。

同じ市内で最初にコロナに罹られた方は、私と一緒に旅行に行った楽しい思い出がありました。でも、地域の方から石を投げられたりして、苦しんで家から出て行かれました。今はどうされているのか？　連絡もできないまま、ある人は苦しんで自殺されたとかお聞きしました。涙が出そうになります。

その人たちのことを思うと、私はまだまだ甘いほうですね。また四回目のワクチン接種を受けるという話を聞きましたが、苦しむのかしらね。今から心配です。でもまだ家から追い出されないので、幸せなほうでしょうか。テレビの歌番組を聞きながら気を紛らわしています。

息子が帰ってきて、「お母ー、まだコロナのことで悩んでいるのか？　でも、身体は病気でもないから、気持ちの問題だから気にせんときや」と励ましてくれました。

友達も息子も応援してくれていますから、頑張ろうと思っています。

でも、今回のコロナ騒動は私の心の中で一生付きまとうと思います。

とは言え姿を消された友人のことを思いますと、私は幸せかと思います。どこにおられるのか？　声を聞かせてほしいと思います。

それに、今はウクライナの人たちのことを思うと、罰が当たるかもしれません。

今、思い出しますのに、昭和五十五年の春頃だったと思います「北方領土」の支援に寄付してくださいとたくさんの名前が書かれた用紙を渡されました。「一〇〇〇円」でした。その時にお金を渡したのか、記憶が定かではありませんが、入れ代わり立ち代わり何度も来られました。

数日たってから、近所の方から聞きましたら、用紙が道に捨ててあり、そのまま「ドロン」とのことでした。今から思いますに、近所の人たちはたくさん騙されましたね。バカみたいと口々に話をしておられたのを耳にしました。

その時に、白い着物を着たホームレスのような人が道をうろうろと歩いておられたとか。今では笑い話になっています。

そう簡単に北方領土が日本に返ってくることなどないのに、よく口車に乗せられましたね、と新聞に記されていました。

ロシアのロケット砲弾、電力切断、ロシア軍の制圧下、ウクライナ・キエフも攻撃をうけて、小学校は住民の避難所となっており、中には小さいお子様や乳児を看護師さんがお世話をされていたとのこと。何をどう思っても、戦争はいやですね。

まだまだ続く私のコロナ疑惑

ニュースを見ていますと、ハワイでマスク着用義務は解かれ、海岸では住民の方が楽しそうに遊んでおられました。良かったですね。

テレビを見ていますと、ウクライナの首都キエフ近郊のイルピンで破壊された橋の下に造られた簡易の橋を渡って避難する人たちの様子が報道され、新聞にも出ていました。

日本は、まだまだコロナの問題で大変です。でもだいぶ収まったのでしょうか?

日本上陸の元は「ダイヤモンド・プリンセス」だったと思う?

ワクチン注射の三回目後に、風呂場での死が相次いでいると新聞で見ました。

私もお風呂に入っていたならば……と死をまぬがれたと思う、私は神様に守ってくださいと何度も手を合わせました。

おかげさまで、命には別状もなく、と感謝しています。でも廊下で足が動かなくなり、そこで寝てしまいました。あの時は大変なことでした。

コロナのワクチン接種で苦しい思いをしてから一週間後に、買い物バスのバス停にいますと、ある奥様が「最近、上野さんはお見えにならなかったね。お話し相手がなかったので淋しかったですよ」、と私の顔を見るなり話しかけてくださいました。「逢えて良かったですよ！」と。

私も嬉しかったです。私のような者にお話しいただけるのも元気な証拠でしょう。「役員が頑張ったおかげで、また『おじゃまる広場』が再開することになりました。嬉しい話で今から、わくわくしています」と仰いました。それからしばらくたってから、北集会所へ行きますと、「よく来てくださいましたね」と、言って皆さん笑顔でお話しくださいました。私も来て良かったと、心が温かくなりました。これからもよろしくと言って、子供たちの相手をしました。久しぶりで楽しかったです。

これからも顔を出してくださいよ、と言われました。私も参加できて良かったです。

またまた私のことになりますが、やはりコロナのことで近所の方たちにも噂が広がっているようです。友達の中には「出ておいで、仲間になろうよ」と、言ってくださる方もおられました。遊びに行きたいのはやまやまだけど、何だか我慢しています。最初はよく話し相手になってくれましたが、バス停へ行きましても知らぬ顔をして遠回りして行かれる方がいらっしゃいます。

電話連絡の時は気持ち良くお話ししてくださいましたが、近頃はゴミ出しの時に私を見ては遠回りをしていかれます。

でも、仕方がない。息子には言わずに私の胸の内にだけとどめておこうと思って我慢しています。

近頃は私も気が抜けたようになりました。でも頑張らなくてはと、今は心苦しい状態です。

現在は、まだまだコロナ患者が多いです。バスで買い物に行っても、その話で持ち切りです。お互いに気をつけないと、ということです。

家から出て遊びに行かれた友達の話を聞くと、私も遊びに出たいように思います。「うらやましい」と思うことがありますが、必要最低限の外出で我慢しています。

髪がだいぶん伸びましたので散髪屋へ行きましたら、元気を出しやと言われました。私の顔を見て、若く見えるようにしますよ、と優しく言ってくださいましたから、「おおきに、お願いします」と言いました。

店員さんも笑っておられました、顔を剃ってもらう時に身体を倒して顔にタオルをかけてもらったら気持ちが良くて、ついうとうとしていました。

店員さんが私に「おはようさん」と言ってくれましたから、びっくりしました。閉店までそのままにしておこうと思ったと笑っておられました。私は「いややで」と言って笑っていました。店の中で皆さんも笑っておられたと思います。「ハイ、終わりました」と、言ってくださり、他の店員さんが「一〇歳若く見えるよ」と、笑っておられました。「ありがとう」とお礼を言いました。会計を終えて、「ありがとうございました」と言うと、今度は店員の皆さんが、「ありがとうございました」と言ってくださいました。私はお店を出る時に、頭を下げて帰ってきました。

帰る途中で思い出し笑いをしていました。

これで、これまでのくよくよしていた気分が吹き飛んだように思いました。

人間って感情的、いや、単純なんですね！　髪を短くしていただいたからか、なんだか頭が軽くなったような、いや、「ぬけた」ような感じがしました。私は間抜けだなあ……と。

買い物バスに乗り席に着きますと、友人が私に、「あのね女同士だから、話を聞いてくれますか？」と言って、ひそひそ声で女性特有の病気の話をされ、「あなたはどうですか？　大丈夫ですか」と、聞かれました。私は大丈夫よと言いました。

この方は、時々病院へ行っておられますから、その時に検査をしっかりと受けるよ、と言われ、二人の話は一件落着ですねと、話をして終わりになりました。

でも、私のような者にお話しくださって、嬉しかったです。このような大事なことをお話ししてくださって、「持つべき者は友人だなあ」と、思いました。心に残る大切なお方です。

この友人には、私のコロナ禍でのことを全部お話ししていましたので、私に快くお話しくださったのだと思います、でも「ありがとう」と言いたい気持ちです。

ウクライナの惨状を憂う

話は、色々と変わり、読みづらいと思いますがお許しください。

今、ウクライナでは大変なことが起きています。鉄道などが攻撃を受けて、これまでにたくさんの犠牲者が出ています。

ウクライナではいつロシアからの攻撃に遭うかわからない、徴兵に行かなければならない、もし断ればどうなるかわからないそうです。

「今、キーウではいつ戦争に行くことになるかわからないから、ウクライナから逃れてきた」と、ニューヨークでテレビを見ながら、ある男性がウクラナイナの事を考えていました。

また、別の男性は一人暮らしをしていてもいつ攻撃を受けるか、寝ていても、ガラス戸を割られるかと思うと落ちついて眠れないと言って、玄関に入った所に布団を敷いて寝ていていました。これも「テレビのニュース」で言っていました。

家を出て避難した女性が、最初は幸せだったが、主人のことが気になり家に帰って来たと、話していました。いつまで続くのかと、ニュースを見るたび、新聞を見るたびに思います。

ロシアがウクライナに侵攻してから、もう七カ月ですか？

私は日本に住んでいて、良かった。こんなこと言ってたら怒られるかしら……？

ニュースを見ていますと、ロシアがミサイルを三、四発発射し、ウクライナのダムを攻撃して破壊、水害のように水が溢れてきて、大さわぎになったとのこと。急に「三、四」回程「ドーン」となり、何事かと思うと、「ダム」の堤防が破壊されて大さわぎとなったと。こんな事がいつまで続くのかと……ウクライナの住民の方たちも、落ち着く間もないとのこと。

テレビによると、ウクライナの人がロシア軍のロケット弾によって大勢の人が亡くなっているといると。その死体は穴を掘ってうめられて木製の十字架が立てられていました。掘り起こしたら子供が手足を縛られていたそうです。「ドーン」と音がして、「皆やられていた」と言っていました。ロシアの新聞の記事では、そのようなことはしていない、土にうめていないと、書いてあったようですが。

でも、こんなことがいつまで続くのかしらね？

なかなか終わりそうもないですね。

コロナ禍でも会えた優しい人々

今は熱中症とコロナの話が盛り上がっているけれど、そのうちにインフルエンザの心配もしなくてはなりませんね。インフルエンザの予防注射いつ頃から予約が始まるのかしらね。

私はコロナのワクチン接種三回目の時に、困りました。そのことが頭から離れないのです。

私がコロナに罹っていると、嘘のうわさを流して私を困らせた方はなぜそんなひどいことをするのだろうかと息子と話しています。時間があると、どうしてもこの話になります。しつこいかもしれませんが、頭から離れません。なつかしい童謡などの歌を聞きながら自分をなぐさめています。

また新聞やテレビのニュースを見て拾い読みしたいと思います。

でも私の頭では上手に文章が書けません、お許しを。三日間ほど頭痛がして、入院でもするのかしら思っていましたが、なんとか我慢しました。息子も心配してくれましたが、どうにか持ち堪えられました。

少し気持ちを落ちつかせて……以前は週に一回近くのスーパーへ行っておりました、その行き帰りにお花の手入れをされている夫婦とよくお話しさせていただきましたが、コロナ禍になってから、お逢いすることもありませんでした。定期検診にお医者様に行った帰りに、お花の世話をされている夫婦にお逢いしましてお久しぶりですとお話しをしますと、あなたからいただいたアロエの花が咲き、あまりにも美しいので写真を撮り、大きく印刷して額に入れて飾っていますと言って、私に見せてくださいました。ありがとうございますとお礼を言いました。親切なご夫婦とお話が出できて良かったです、その帰りにある老人にお逢いしました。でも老人と言っても、いや私も老人に入っています。

それが本当に老人と言えるお方です。白髪で白いヒゲ、この人こそ老人だと思いました。それにか細くて人柄も良く、私のような者にも親切にお話ししてくださいました。草を引いておられたと思い、一言お声をかけました、その時私の顔を見て、「あなたの話し方は、どこから来られていたのですか?」と言われました。私は京都から出て来ました。何もないです。ただの人間ですと言いますと、「その手は普通と違います」と仰られました。

私は手荷物を持っていましたから、「いつも願い事をするように手を合わせています」と、実家の事などを話しておりますと、うなずいておられ、また人様のお世話を少しだけしたことなどを話しました。

それに選挙の時、「ウグイス」さんになって、一言、二言話をしました。

老人も色々と昔話をしてくださいました。

おやじにキセルで手をたたかれたと言っておられました、この事はどこかで聞いたような……。長話をしましたと言い、またお逢いする日まで、お元気で、お身体を大切にと言って別れました。もっともっと老人とお話ができたらと思いました、後で思いますのに、私は何をお話ししたのかと、不思議に思いました。

いまだに私の頭の中は「ポカーン」とした感じです。

また帰りに花だんの手入れをしておられた方と立ち話をしてしまいました。私の悪いくせです。でもよくお話しをする方で、今お帰りですか？　と聞かれましたから、「ハイただいま」と言って、少しだけ立ち話ですみません、いや私はもう帰ります、失礼しますと言いますと、「またお立ち寄りになって」と言ってくださいました。私は嬉しかったです。

今日は優しい方たちに出逢えて良かったです。

良いこともあれば、悪いことも……

でも良いことばかりではありません。家に帰ってテレビを見ますと、悪い知らせでびっくりしました。私は涙が出ました。

なんてことをするのですか？　政界の大事なお方の命を奪うなんて。でも、私はこのことは書けません。ただただご冥福を、お祈りします。

今の時期は、全国でたくさんの人たちがコロナで入院したり、お亡くなりになったりしています。やはり油断はできませんね、これまで以上に気をつけなくてはなりません。ますます状況は厳しくなったように感じられます。

熱中症でも体調が悪くなります。お互いに気をつけるようにしたいものです。

「コロナ」も第七波がやってきたとテレビでもお話ししていました。

ある日、バスを待っていますと、女の方がバスの時間を見ておられました。その方はコロナワクチンの五回目の注射を受けに行くのでと、言っておられました。

その方が四回目のワクチンは接種されましたか？　と言われました。私は三回目の時に苦しかったのでまだ受けておりませんと、言いますと、そのお方は四回目受けましたよと言われました。

人によっては三回目の時の後遺症にいまだに苦しんでおられるそうです。

そのことを聞きまして、私もその口かもしれないと思いました。

息子にその話をしますと、人が言うことはいちいち気にしなくていいと言われました。

お母ーはお母ーのことだけ考えていればいいと言いました。そうや本当だと思いました。

「あの苦しみは、もうごめんや」

毎日、暑い暑いと言って暮らしておりますが、まるで熱中症とコロナに同時に罹ったかのようにしんどいです。気をつけなくてはなりません。前に、「あの人はコロナだ」と言って石を投げられたり、苦しめられて引越しされたりした事件がありましたが、今の私がそうです。

バスで買い物に行く途中、バスの中で私の顔を見てフイッと顔をそらして降りていく人がいました。まだまだ何かありそうです。がまん、がまん。

「私は私、人は人」と思うようにして、息子には何も言わず、心配かけまいと、胸の内に収めて暮らしております。

私、思いますのに、もし、私の書いた本を目に通していただいたら、どんな言葉が返ってくるのかと心待ちにしております。ダメかな?

他人と言うのは、なかなか難しいものですね、頭が変になりそうです。

毎日毎日テレビからの歌を聞いて気を紛らわせています。

ボンヤリ度が増してきた！

少し肌寒くなってきました。家ではヒーターをつけております。息子に言うと、「風邪を引くよりましや」と言ってくれました。

息子に来た市役所からの税金を支払いに行きますと、お友達にお逢いして、「どこかお店で、お茶飲みましょうか？」と言われました。ちょうど喉が渇いていたので、一緒にお店に入りました。

色々とお話をしながら楽しく時を過ごしました。またねと言って別れ、私は、ある駅まで行こうと思い急いでバスに乗りました。なんだか眠くなってきたと思いながら、キョロキョロとしていると、前に二年ほど住んでいた所を通りました。着いたのは、違う駅でした。運転手さんに「○○駅へ行きますか？」とお尋ねしますと、行きませんと言われました。呆然としていると、他のお客さんが来られて、私も市役所へ行きますので、次のバスに乗りますと言われ、私も一緒にそのバスに乗って目的の駅まで行くことにしました。

お目当てのバスが来た時、これでやっと帰れると、ホッとしました。

夜に息子が帰ってきましたので、私のぼんやりしたバスの乗り間違いの話をしますと、笑っていました。

本を書くに当たって

私は、今になって思うことがあります。なぜ、本を書こうと思ったのかと言うと、新聞に、ある歌手が母を安心させるため、いや母に贈るための本を書くのだと言っておられた話が乗っていたからです。残念ながら、私の母はもう他界していますが、幼少の頃に病気がちだった私を大きく育ててくれたお返しというのでしょうか。それと、私が書いた文字が「活字」となったことがどんなに嬉しかったか、今でもよく覚えております。

原稿がはじめて本になった時は、農業青年クラブの全国大会の頃でした。本のことを皆さんに伝えると、手をたたいて喜んでくれました。また、二度目は、ある新聞を見て、自分史を書こうと思いつきました。

夢がかない、思いがけない喜びでした。田舎の友人に本を送りましたが、なんの反応もありませんでした。残念に思いましたが、実家へ行った時に、お世話になった方に、「私が書いた本です。目を通してください」と、お渡ししました。

明くる日に、「本を読ませてもらったよ、良く書けましたね。両親が健在だったら喜ばれたことでしょうね」と、お電話をくださいました。「この本を仲間の方に読んでいただきますよ、皆さんも楽しみにしていますから」と言われました。

私は、とても嬉しかったです。涙が出ました。

人によっては「活字はきらいです」と言われましたが、「そうですか」とだけ言いました。

今日まで七冊の本を書きました。そのたびにたくさんの方にお世話になり、お力添えをいただきました。また、中日新聞に取材を受けたことを知り合いにお話ししますと、その新聞ほしいですね、と言われましたから、八部ほど買いました。

私が家の門の所にいますと、クラクションを鳴らしてくださる方がおられました。誰かなと思いますと、以前お世話になった子育て支援の会長でした。その方がご機嫌伺いに来てくださったのです。その時に新聞のことを話しますと、私にも見せてくださいと、言われましたので、一部お渡ししました。

ご主人も車に乗っておられましたから、毎度お世話になっていますと、挨拶をしました。明くる日に本を見せてくださいと言われましたので、一番新しい本を渡しました。

こうして来てくださるのは、本当に嬉しかったです。

買い物バスに乗りスーパーに行ってから、うっかりお金を忘れたのに気がつきました。今日はスーパー内を見るだけにしようと思っていると、近所の方が一万円貸してくださいました。「嬉しい、ありがとうございます」と言って、お借りしました。

優しい奥様でした。

とても助かりましたから、次の日に、「昨日はありがとうございました。私が書いた本ですが、目を通してください」と言ってお金をお返しし本を渡しました。

奥様は、「私は本を読むのが好きですから、大切にします」と言ってくれました。

うまく書けていませんが、と言って二冊渡しました。その方とは仲良しになりました。

いつでも親切にしてくださいます。

バスを降りて帰る時に腰の所で手を振ってお帰りになります。私はありがとう、と言って頭を下げました。

田舎の友人にも「本を書きましたので、目を通してください」と言って渡しましたが、会合で会った時に、電車で帰り着くまでにすぐ読めたとか、きばって読む本でもないと言われ、私は唖然としました。

その方にはもう本のことを話すのは、やめようと思いました。わざわざ言うことではありませんが、本を書くのは大変でした。たくさんの方にお世話になり、お力添えをいただきました。その節はありがとうございました。

買い物に行く時にバスに乗っていると、いつも何をしているのと聞かれました。私が自分史を書いていますと言いますと、その方から一冊見せてくださいなと言われました。お見せしますと、一週間後に、「あなた、よく書かれましたね」とご夫婦で言ってくださって、お口に合いますかしらね、と言ってお菓子箱をいただきました。

また書かれましたら見せてくださいね、と言ってくれました。

人、それぞれ思うことが違うのですね。でも私は嬉しかったです。

やはり人様と打ち解け合ってお話しするのが一番の楽しみです。週一回ですが、私の横に来て口に手を当てながら内緒話する感じで優しくおしゃべりしてくれる〝バス友〟がいます。

その方が私の心の支えになっております。

先日、私はある方に、「いつもお世話になっております。この本、私が書きました。お忙しいでしょうが、目を通してください」と言って自著をお渡ししましたら、感想がいるのでしょうと言われて「名前は、住所は」と聞かれました。まだ、届いておりませんが、今はわくわくしています。私は親切にしてくださった方には、つい本の話をするのです。悪い癖かしらね。ちょっと変？　いや、すごく変ですかね……。

息子のこと

この土地に来てからのことです。なかなかお目にかかれなかった方、三人が楽しそうにお話しされていました、私が九時頃に郵便受けへ新聞を取りに行きますと、楽しそうだったので、おはようございますと、言って話の仲間入りをさせていただきました。子供さんの話など、家族の話をされていました。

私が、「誰かいい人いないかねえ……」と言いますと、「あつかましい。あなた、何言っているの」と言われました。私は、「エー」と言って、「違う違う、『お二階さん』のことや」と言って、手を上げて話しました。すると、皆さんは笑って、なあーんや、そうだったのか、ごめん……、と言って笑い話になりました、こうして話の中に入れていただいて楽しい思い出の一コマになりそうと思いました。アー、バスが来たと言い、その方たちは買い物に行きますねんと言っておられました。私が気をつけて行ってらっしゃいと、言いますと、ありがとう行ってきますと、手を上げてバスに乗って行かれました。

一時でも仲間に入れてもらえて幸せでした。良い思い出となりました。

やはり笑いながら会話ができることがどんなに幸福かと思うようになりました。

息子が帰ってくると、「お帰り、今日はどうだった?」とか「身体大丈夫か」と、毎日話しておりますが、うるさいと思っているのかな? もしそうなら悲しいなあ……。「今日は、○○さんとお逢いして楽しくたくさんたくさんお話ししたよ、息子さんお元気ですかと聞かれたよ」と言いますと、「本当? うれしいな」と喜んでいました。

息子が会社から帰って「ただいま」と笑顔で話すと、私も、あー良かったと安心します。毎日こんなふうに話し合って暮らしております。でも、「今日は機嫌良く口を開いてくれるかな」と思うこともあります。テレビを見てごまかすことも、お互いにまるで他人同士かと思う日も! でも、すぐにいつも通りに戻り、笑って話しています。やはり親子ですね。

ある朝、息子が「風邪かな。咳が出る」と言いました。測ってみると、熱は三十九度七分でした。

応急診療所へ行きますと、看護師さんが外で待っておられました。「予約されましたか?」と言って、車から出してもらえず、窓を少し開けてそのまま熱を測ってもらいました。「咳が出ます」と言うと、すぐにコロナの検査をされました。しばらく待っていると先生が出て来て、「風邪＋コロナです」と言われました。

コロナのワクチンを注射しても感染するのですね。専門の病院を紹介するから、マスクをして家で待機するようにと言われ、帰ってきました。

私にも「マスク」をずっとして、外へ出ないようにと言いました。でも苦しいなあ……。

その後、専門のお医者様へ行き、検査を受けました。一回目は陰性でしたが、二回目は時間がかかり、午後五時頃に帰ってきました。

買い物をして元気に帰って来ました。どうだったかなと思い、「心配したよ」と言うと、「あれ？　陰性と言ったよ」と確かに話しました。私は何を思うてたんか。でも、帰りが遅かったら、と言いましたら、すまん、すまんと元気を取り戻しました。

私もひと安心でした。私は以前のことがあるからと、つい大げさに心配してしまいます。でも気持ちが落ち着いたようでした。まだまだコロナのことが尾を引くように思います。気をつけなくてはと思います。

ひとつひとつ心の整理ができるようになったと感じています。もう大丈夫と、言いたいです。

また、いつこんなことが起こるかもしれないですね。「うがい、手洗い」をしないとね、病はいつやって来るかもしれないと、考えるたびにひやひやしています。お互いに気をつけましょう。

息子が早番の時、五時頃に私は朝新聞を取りに出ては、空を見てきれいなお星さまに手を合わせて、「私たち親子を見守ってください」とお願いをしています。

ある朝、私はもう少し横になろうと布団に入り直しましたら、夢を見ました。息子がケーキを買うと言っておりましたので、誰にあげるのかわかりませんでしたが、私もお祝いとして「上野明子」と書きました。

その後、場面が変わってこれから帰ると息子から電話がありました。娘さんと一緒で、車で帰ってきました。白いドレスを着た美しい人でした、私はびっくりしました。車から降りて、こんにちはと挨拶をされました。私も、こんにちはと言って息子がお世話になっていますと言って、お祝いと書いた袋を渡しました。

私は何のお祝いを渡したのかしらと、後で頭の中がわからなくなりました。

でも娘さんの顔もぼやけてわかりませんでした。夢の中で横になって寝返りを打ったら、目が覚めました。なんだか訳がわかりません。手を合わせて、「どうかあの方が息子の相手でありますように、どうか正夢でありますように」と祈りました。老いた母の願いでございます。

もし、これが本当ならばと、待ち遠しかった夢が実現するのかと、なんだか涙が出てきました。すぐ起きて顔を洗って、どうか良い人が現れますように、と両親に手を合わせました。守ってください、と！　お願いネ……。

昔から悩んでいる症状のこと

テレビを見ていますと、私と同じような症状についての番組が放送されていました。

身体が急に動いたり、急に声が出たり、手に何かを持つことが難しくなったり……食事をする時にも勝手に身体が動き、食事の時「ハラ」が折れる、小学校二年頃から急に声が出たりするようになったので、他の人に迷惑をかけるのではないかと、いつも不安でした。

自信をもってできる仕事があまり多くありません。配達に行ってチャイムを探して敷地内に入ってお客さんをびっくりさせたり、不愉快な思いをさせられたりで、仕事が長続きしませんでした。

ハローワークへ行ってもあまりいい仕事を紹介してもらえませんでした。このような人たちが集まって話し合ったこともありましたが、なかなか解決はしませんでした。病院へ行かれたのか？　どうだったのか？

中学生時代にこんなことがありました。学校が終わって家へ帰っても家業の仕事をしなければならず、勉強する時間がありませんでした。何の授業だったか忘れましたが、クラスのみんなが順番に教科書を音読していた時、私は一人で教科書を読むことに夢中になって、先生から上野さんと指名されても気が付かないこともありました。恥ずかしいことに、先生から「上野さん、続きを読んでください」と言われても、どこを読むのかわかりませんでした。

先生が隣の席の人に教えてあげてくださいと言ってくれましたが、その時は、何も読めず恥ずかしかった覚えがあります。

先生が横に来て、「上野さん、しっかりしなさい」と、肩をポンとたたいて、「ここから二行ほど読んでください」と言われたこともあります。

クラスの皆さんは笑っていたでしょう。私は何事かと言わんばかりに、教科書を読みました。先生は「上野さん、読めましたね」と、肩をポンとたたいて気合を入れてくださいました。

私はこんな落ちこぼれです。今も同じですが、私は欠点ばかりの人間です。恥も何もない、いや恥だらけの人間です。こんな人間にお付き合いいただき、ありがとうございます。

学生時代の友達にも、勉強もできないくせにと言われ、気をつかってばかりの学生でした。

今も変わりなく独り言を言いながらスーパーで買い物することも、しばしば。いや、本当に恥ずかしい話です。これでは私も仲間に入って何かを学びたい気持ちです。涙が出そうです。

人に何かを言われれば、黙り込んだりもします。たまに、上野さんと呼ばれた時は、びっくりしたような顔になっていたと思います。

他の方は知っているのに、私にはわからないこと、知らないことが多いように感じます。でも、なんとか頑張っています。

あるとき、友達が「上野さんは家で勉強する時間がないから放課後に一緒に勉強しましょう」と言って、数学の問題の解き方と答えを教えくれました。

その時、私は嬉しくて泣きました。友達は大丈夫と言って、肩を抱き寄せて「ポンポン」と優しくたたいてくれました。家に帰っても友達の顔が浮かんできて、嬉しくて涙が出ました。

あくる日の数学の授業の時、私はどきどきしていました。すると、先生が「上野さん、この問題を前に出て黒板で解いてください」と言われました。とても緊張しましたが、友達に教えてもらった通りに答えが書けました。

先生は、「上野さん、よく解りましたね」と、言ってくださいました。その時、友達のほうを見ると、手をたたいて喜んでくれていました。

○○さん、私のような出来損ないを助けてくれて本当にありがとうと、胸に手を当てて感謝しました。今になって思い出しても、手を合わせて頭を下げたくなります。

年をとっても……

あれこれ忘れることが多くなりましたが、不思議と食べることは忘れません。でも、夕食の時に、息子に「そのお皿は何に使うの」と言われ、「あ、そうか」と、他のお皿を持って行くこともありました。最近、息子には、「お母ーは何をしているの」とよく言われます。ごめん、ごめんと言ってごまかします。

息子に私も年だし、やっぱりダメだなと言いました。やはり老いると「ボケ」てくるのでしょうか？　もう少し大丈夫だと思っていましたが、やはり年を取ると子供に返るのでしょうか？　恥ずかしい。年は取りたくないですね。失敗しないように努力はしているつもりですが、やはり無理ですかね。誰か私の頭に「カツン」と喝を入れてくださいませんか？　と言って心迷わす人生になりそうです。ある所でとなり組の方と椅子に腰かけているると、見知らぬお方からこの場所あいていますかと言われました。どうぞと言いますと、親子ですかと言われましたので、いいえ違いますと私が言いますと、すみません失礼しましたと言われました。

でもどっちが親なのか？「アラ、不思議」と思って、どう見ても合わないネ……と。家に帰り一人で「クスクス」笑っていました。

思い出し笑いをしていると、息子が「お母ー、何笑っているの」と言うので、あのな、私ととなり組の方と椅子に腰かけていると、知らない人に親子ですか？　と聞かれたのよと言うと、息子が「確かに若く見える」と言いました。「そうかなあー、私は普通だと思うけれど」と言って、苦笑いしました。

やはり、こうして親子で話すのも楽しいことですね。

ある奥様が、私の顔を見るなり、良いことばかりのべた褒めをしてくださいますので、「私はそんな立派な人間ではありません。私の欠点を正直に教えてくださいな？」と話しますと、「何も言うことはありません」と言われました。

それより、私は一人暮らしだから奥さんが書かれた本を夜寝る前に読むのですよ。土、日曜日に娘夫婦が帰ってきて、この本は？　と言いますので、近所の方が書かれた本よ、と言いますと、この本すごいやと言いましたのよ。こんなふうに褒められて、私は「本当ですか、嬉しいです」と話しました。本当に嬉しいのですが、穴があったら入りたいですね。

この奥様は私に対して、丁寧な言葉遣いをされます。親切なお方です。

スーパーの待合所でのこと　学生さんとのふれあい

ある日のことです。いつものスーパーのベンチで、「暖かいようですが、やはり少し肌寒いですね」と、四人ほどが集まってお話しをしていました。

私が、「すみません、リュックを背負うので、カートを支えてくださいませんか?」と言いますと、「いいですよ」と、一人の方が言ってくださいました。私がありがとうございますとお礼を言って、カートを並べる時、その方と手が触れました。「あらっ、あなたの手、冷めたいですね」いや奥様の手は温かいですね、と私が言うと他の三人の方も温かい手をしておられました。

私が、手を洗ってばかりいるのでしわだらけの手になりました、と話していま、ふと思い出したことがありました。いつだったか、買い物帰りに、おばちゃんの手は温かいねと、小学生の男女六人ほどと手を温め合ったことがありました。私のようなお年寄りは、こうした触れ合いが生きている楽しみです。あの時の小学生たちの温かみが今でも思い出されます。

本当にありがとうございました。今でも覚えておりますよ、懐かしいですね。もう中学生になられた頃でしょうね。

どこかでお逢いしているでしょうか？　時々、中学生の方が「こんにちは」とあいさつをしてくれます。私は、いつも「こんにちは、お帰りなさい、お疲れさま」と、言います。

私がバスを待っている時のこと、男子生徒さんが、「もうバス来ますかー」と言われました。まだ時間があるようですね、と言って、私は反対側のバス停へ時刻表を確認しに行きました。時間に余裕がありましたので、手で合図をしますと、学生さんは頭を下げられ納得していました。しばらくするとバスが来ましたので、そのバスに乗りました。

学生さんは途中で降りられる時に、軽く会釈をしてくれました。私も頭を下げました。礼儀正しい学生さんでした。

私は学生さんを見ると、小学校で触れ合った児童のうちの一人だったのかなと、懐かしい思い出と共に大きくなられたのだなあーと嬉しく思います。あの時の子供たちは、五人ほどでスクラムを組んだり、背くらべをしたりと、そばで見ていた先生が嬉しそうに笑って話しかけたりしていました。食事の後に、先生もこの児童たちと背くらべをしていました。もうすぐおばさんより大きくなるよと、頭をなでていました。

ある児童が私を教室の中に引っ張っていったこともあります。食事するのを見ていてほしかったようです。

また、雑巾がけの時に順番に雑巾を絞ったりしたこと、かけ算の「九九」を言って、一緒に勉強させてもらったり、色々と楽しいことがありました。「次から次」と思い出して涙が出るほど、嬉しい良い思い出です。

児童の皆さんが順番に並んで本を暗唱し、私が間違いないかを聞いて、最後に、良く読めましたというシールを貼ったことなど、たくさんの良い思い出がありました。また、「がんばろう日本、東日本大震災」と書かれた牛乳パックの灯籠《とうろう》を先生にお願いをして作っていただきました。東北から灯籠を並べた写真を送っていただき、コピーして先生にお渡ししましたことなど、色々とありました。

ふり返ってみますと、本当に懐かしく思い出され、涙ぐみながら書いています。良い思い出を本当にありがとうございました。

これから先、中学生となり、また高校生となっていくのですから、受験勉強で大変でしょうが、身体に気をつけて頑張ってくださいね。心からお祈りしております。

やはり、今思い出しますと、懐かしいことばかりです。いつだったかな、小学校の上の道を歩いておりますと、男の先生が「こんにちは」とあいさつをしてくださいました。その時、私はまた児童たちに逢いたいなあーと思いました。
児童たちは元気に校庭を楽しそうに走り回っていました。

東日本大震災行事　祈りの灯火

「被災者に灯籠を届けたい」という行事のチラシを教頭先生にお見せしますと、「コピーさせてください」と言われました。私は、「先生、カラーのチラシを持って来ますよ」と言って、カラーコピーしたチラシを学校へ持って行きました。

私は牛乳パックで灯籠を作って送りました。

その先生にはそれから、二年ほど灯籠のことでお世話になりました。

校長先生もいつも快く話してくださいました。

学校へ行く度に親切な両先生とお話しできて嬉しかったです。

半分目が閉じていますゆえ、雑になりました。これでは、何を書きたいのか、わかりませんね。

やさしい友人に逢えて

ある日、チャイムが鳴りましたから、表に出ますと、「上野さん、お久し振りです。〇〇です。長い間お逢いしていませんので、お伺いしました。お目にかかれて嬉しかったです」と言われました。以前に「おじゃまる広場」に参加した時にお世話になった方でした。「またおじゃまるに来てくださいよ、会員の皆さんや子供たちも、お待ちしております。子供たちの相手をしていますと、楽しいですよ。ですから顔をお見せくださいね」と、お誘いいただきました。

とても親切なお方で、楽しくおしゃべりできました。その中で、この二年間色々なことがありましたから、その間、二、三度参加させてもらいましたが、少し迷いがありまして、と訳をお話ししました。そうしたら、「そんなことがあったのですか。もうそのことはお忘れになって元気を取り戻して。まだ嫌な思いは心の中に残っているでしょうが、皆様の中へ入って子供たちと楽しく過ごしましょう。いいですね、わかったね!!」と仰いました。

このお方とお話しできて、雲が晴れたような気持ちになりました。本当にありがとうございました。

もし何かあれば相談に乗りますから、くよくよせずにお電話くださいね、お待ちしておりますと言ってお帰りになりました。

○月○日に思いたっておじゃまるに行きましたら、お久しぶりと皆さんが口々に言ってくださいました。長いこと勝手しておりましたと言い、会場へ入りました。私が着いた時は、子供さんも少なかったのですが、次第にたくさんの方が来られて、にぎやかになりました。お久しぶりですと言いながら、ママさんたちとなつかしくお話しができました。

子供さんもしばらく見ない間に大きくなられていて、びっくりしました。

あるママさんとは、「前にスーパーでお逢いしてお話ししましたね」「そうです、その時はどうも失礼しました」と、次から次へとお話しできました。

私がトイレへ行って手を洗ってから子供達二人を見ますと、「一〇〇円か二〇〇円」を入れて「ガッチャンコロコロ」して出るおもちゃを手で触りながら、嬉しそうに、「おばちゃん、これ見て」と言われました。手で押さえると気持ちの良い「スポンジ」のような丸い形の物でした。

おばちゃんもさわってもいいのと聞くと、いいよと言ってくれました。見知らぬ私に快く話していただき、何回も手で押さえてみました。時々顔を見合わせながら、子供さんもにこにこしておられました。

「どう？　気持ち良いでしょう？」と言って、三人で笑っていました。見知らぬ私にこうして話しかけてくれ、まるで孫と話をしているようで楽しかったです。

その時に私は幸せだなあーと思いました。一人占めして「チャック」をしました。子供さんと私だけの、良い思い出にしたいと思います。ありがとうございました。また逢う日まで、元気で過ごしてくださいね。


子供さんを相手にしていますと、「上野さん、おにぎり作りに行ってくださいな」と言われました。間に合いますかしらと言って調理室へ入っていきました。白米のおにぎりに梅ぼしやかつおのふりかけをかけて、味付のりを巻いて、パックに入れて輪ゴムをかけて袋に入れて出来上がりです。

人数分を作り、あと何人分と言いながら楽しく作らせていただきました。その後、各テーブルで二十人ほどが、おみそ汁とおにぎりをいただきながら楽しく語り合いました。

お食事の後は皆さんで後片づけをして、お開きになりました。

初めてお逢いした方たちとも打ち解け合うことができました。

久しぶりにお食事会にお誘いを受け、楽しいひとときとなりました。子供さんたちは「ありがとうございました」と、あいさつをしてお帰りになりました。

私は会場で、先日お話しした方と、また色々と詳しくお話しをしましたら、そうだったのですか、と驚かれていました。その方は、「気にせずに右から左へと言う人ですから、あなたが相手にするような方ではありません。もう、そのことはお忘れになって胸を張って悠々と先へ進んでくださいよ」と励ましのお言葉をいただきました。お約束しましょうと言っての、お別れでした。いただいた親切なお言葉のおかげで胸の内が、すっきりしたように思いました。

これからはできるだけ「おじゃまる」に参加しようと思います。

大好きな子供たちが待っている所へ早く行きたいなあ……。でもまた無言電話が何度もかかってきて、少し頭が変になりそうでした。相手はどんなつもりなんでしょうか？

息子に話をしたら通話拒否に設定してくれました。電話が鳴ってもすぐ切れましたので番号を見て折り返すと、あるお方から「通話拒否されていますか？」と言われました。すみませんと言ってお話しをしました。またお逢いした時に詳しくお話ししようと思っております。

先日、知り合いから電話で「あなたは子育て支援に参加していますか?」と言われましたので、「時々参加しております」と答えました。実は私の親せきの者があなたと同じ町内に住んでいて、子供が今年から小学校へ行っております。学校へ行かれましたら言葉の一声でもかけてやってください、お願いしますと話してくださいました。私は嬉しくなり今からわくわくしております。でも、私にできるかな。子供たちに会うのがとても待ち遠しいですが、長いこと学校へ行っておりませんので、ちょっと戸惑いそうです。

我が家の嬉しい喜ばしい話に目を通してくださいませ
～娘ができました

以前、息子は毎朝五時に仕事に行っていました。ある朝、息子が行った後に少しの間だけ横になろうと寝間に入りました。その時、夢の中で息子がケーキを買って行くと言いましたので、何のことかはわかりませんでしたが、私は「お祝い」として袋にお金を入れて、上野明子と書いてから、袋をポケットに入れました。息子が家に帰ると言いましたので、表で草引きをしていますと、息子が彼女と一緒に帰ってきました。車から降りて「こんにちは、お初にお目にかかります」と言って挨拶してくれました。彼女は白いドレスを着て、輝いて見えました。夢かしらと思いながら私も嬉しくなり、「こんにちは母です。いつも息子がお世話になっています」と言って、「お祝い」と書いた袋を渡しました。「ありがとうございます」とニコッとして頭を下げられました。

私は嬉しくて涙が出そうになりました。しばらくすると、もう帰ります、ありがとうございました。また来ますと言って、息子の車で帰って行きました。私は、良いものを見させてもらった、ありがとうと、嬉し泣きをしていました。

亡き両親に息子たちの姿を見てほしかった、どうかお守りくださいませ、と手を合わせていました。その時に目が覚めました。「今日は良い一日でありますように」と、胸に手を合わせました。

それから、二カ月ほどして息子が、一泊二日の旅に出ました。と、言うのも、とうとう息子に彼女ができたのです。その日はお相手の家族に会い、娘さんとの結婚を許してくださいと、お願いしに行ったのです。

心配しながら息子からの連絡を待っていたのですが、お相手の家族の方は大賛成で二人の結婚をお許しくださったそうです。二人で婚姻届に署名し、皆さん大喜びだったそうです。

娘はもう結婚しないと思っていたと話されたということでした。

息子が帰って来て「俺、結婚するよ」、と言いました。私も息子は一生独身で通すのかと、私は思っていましたので、嬉しい話でした。

あの夢は、どうやら「正夢」だったようです。

二人の婚姻届は、息子の知り合いに証人になっていただいて成立となりました。

その用紙を彼女の家へ持って行きました。息子に、良い方と出逢えたねと言うと、「そりゃあ―俺が見つけてきた娘やから」と言いました。良かったね……と涙が出ました。息子が、「お母―よ、嫁と違うで。娘やで」と言いました。「これからは娘やで、自分の娘と思って、よろしくね」と言われました。

これが娘やでと、スマホで写真を見せてくれました。その娘さんは、ある料理学校の先生でした。仕事先で出逢ったそうです。

私とは「月とスッポン」で、頭が下がります。

まあ、一緒に住むわけでもないのでと思っても、気になります。名古屋の方です。私のような者に、こんな立派なお方が娘になってくださるのは、本当に嬉しいかぎりです。もったいない。息子はこれからあちらの姓を名乗ります。

土・日曜日でも仕事で学生さんと話し合いや勉強されているとか、お忙しい方のようです。息子も気にしています。

息子が、上野家の身内がいないと少し淋しいような様子で、私も悪いねと言いますと、仕方がありません、我慢するしかないのですと。

本当にすまないと思っております。

二人で色々と話し合った末、六月二日に、「市役所に行って婚姻届を提出し、無事に入籍しました」と、嬉しそうに二人が電話で話してくれました。

これで、やっと肩の荷が下りた気分になりました。息子も「やっとゴールインできた」と喜んでいました。

私も「おめでとう、良かったね」と言いました。

お互いに定年までは単身赴任になると言っておりました。

私は、この時を首を長くして待っておりました。でも、私もボサッとしておられない、心を引きしめてなくてはと、思っていますが……口だけかもネ。もう少し書き方があるだろうと言われそうな。

私も少しだけお祝いを息子に渡しました。袋の中にメッセージと、「結婚おめでとうございます、母より」と書いたカードを入れておきました。それをお嫁さんが冷蔵庫に貼ったと電話で話してくれました。

私もそれを聞いて嬉しかったです。

息子は、お嫁さんに、お母ーは田舎で苦労してかわいそうだったので一緒に連れて来たんやと話したそうです、お嫁さんは、「いいよ、私も大事にするよ」と言ってくれたとのこと。私は優しいお嫁さんやなと嬉しくて、嬉しくて……。本当に優しいお嫁さんやな。

明日からは、お互いに仕事があるからと言って、息子は帰ってきました。

「お帰り、おめでとう。おつかれさま」と言うと、「ただいま、これお母さんに」と言って、紙袋を渡してくれました。たくさんのお土産でした。

「これ全部私にか？」と言うと、「そう、全部お母ーのや」と言いました。おかず、混ぜご飯の三角おにぎりをいただきました。

「もう、お母さんばかりやで、嬉しいやろ」と、息子も嬉しそうに話していました。

息子が「お母ー、娘に電話するか」と、言って連絡を取ってくれました。お互いに、お礼の言葉を言い合いました。そして、もちろん私からは「おめでとうございます」と、あらためてお祝いの言葉を伝えました。

相手も嬉しそうでした。「一度一緒にお食事しませんか？」と言ってくれました。

息子は週末になると一泊ですがお嫁さんの家へ行きます。「ゆっくりさせてもらったよ」と、言って帰ってきます。ある日、息子が帰ってきた時に電話で○月○日にお母さんと一緒に食事をしようと言ってくれました。お嫁さんが当地まで来てくれましたので、あるお店で食事をしました。

その時、私にバッグをプレゼントしてくれました。嬉しかったです。

「前にお母さんからお祝いをいただきました。そのお礼です」と言われました。息子も、「もらっといて」と言ってくれたので、「ありがとう、大事に使わせていただきます」と、言いました。

お嫁さんが私に、「どのような子供でしたか？」と聞くので、「私が義母から苛められ、息子の前で、おまえのお母ーはアホやと言われた時、息子はお母ちゃんは、アホと違う、おばあちゃんのバカバカバカバカと言って泣いていました、それからは私にくっついて離れなかった」と話しました。

小・中学校の先生からは、お宅の息子さんは歯が丈夫ですと、言われましたよと話しました。本人は覚えていないと、言いました。

お正月のお雑煮についても聞かれたので、息子が納豆餅やと言いました。

優しい息子さんだったんですね、と言ってくれました。本人は覚えていないと言いました。その時に三人で大笑いしました。

とても楽しいお食事会でした。

その後は、保証人になっていただいたお方の家へ、二人でお礼に行きました。

次はいつになるかはわかりませんが、お嫁さんの家でお母さんと一緒に三人でお食事をしようと、息子に言っていたそうです。嬉しいな、優しいなと息子と話していました。

お母ーよ、孫はあきらめてよ。その代わり、優しい娘ができたやろ、我慢して娘を大事にしてやってよ！　と言われました。

八十歳になってから、こんなに嬉しいことがあるなんて。息子も、「自分は一生独身でいると思っていた。指輪が出来上がってきたよ。俺、一生指輪することはないと思っていた」と言いました。

お嫁さんは仕事上指にははめず、「ネックレス」に通して、首につけると言っているそうです。

ツバメの巣

私は、することがいくらでもある中、時々ボッとしていることがあります。「これ、何を考えているのや君」と言われそうです。そんな気持ちで一人歩きはするなよ、そうそう車は急に止まらないのやで……危ないのでなと、誰かが耳元でささやいているような…？話は少し変わりますが、我が家にツバメが巣を作りました。何か良いことがあると巣を作ると前に聞いたことがあります。

それはお嫁さんが幸運を呼びよせてくれたと息子と話しています。福の神を運んでくれたのや大事にしようと言いつつも、毎日、落とし物をしてくれますので、水を流して、きれいにしています。

テレビを見ながら、息子と色々と話をして、私が、「そんなことしたらダメ」と言ったことがありました。すると、「俺はお母ーが二人いるみたいや、言うが一緒やな、娘に感謝してや」と笑いながら……。

息子も名義変更で二日間かかりました。

ガス、電気、水道、電話等色々とありました。「チャイム」が鳴り、表に出ますと、郵便です、「お嫁さんの姓」で来ましたので、ありがとうございますと言って「印」を押しました。

アーこれでやっと、〇〇様として来るように、なりました、やっと証明されたのだと私は嬉しかったです。息子のにっこりとした顔が目の前にうかびました。

私はお嫁さんの家族とも電話で、息子がお世話になりますとお話しを致しました。また、お祝いの言葉を伝えました。

息子は四泊五日でお嫁さんの実家へ行き、結婚式を挙げてきました。

これでやっと、上野家から抜けられたと手を見せて指輪が光っていました。

俺一生指輪をはめることはないと言っておりましたが、でも嬉しそうでした。

私ができなかった「指輪」を、息子ができて私も幸せです。息子がお母ー、やっと結婚できたよと電話で話してくれました時は、「これでひと安心」と胸に手を当て、嬉し涙が出ました。

置き引きされて

いつの日だったか忘れましたが、買い物を済ませて「カゴ」を別の所に置いて、レジで支払いをしました。さあ、品物を袋に入れようとしましたら、牛乳とジュース二本がありません。置き引きされたのです。

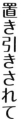

店員さんにレシートを見せまして置き引きされたことを話し、二人で私の荷物を調べましたが、当然出てきません。お名前はと言われ「上野明子です」と言いますと、係の方がレシートを見てレジで調べてくれました。私はバスの時間に間に合いませんからと言って、そのままバス停まで行き、そこにいた知り合いに話しました。この頃は物価が上がり、ほしいものを買えない人もいるのですよ、でも人様の物に手をつけるとは許せませんね、と言いながら帰ってきました。息子からこれから帰ると電話がありましたので、牛乳とジュースを頼みました。

息子が帰ってきましたので訳を話しますと、それは、お母ーがカゴから離れるから悪いのやと、言われました。

それからは、カゴから離れないようにして会計を済ませるようにしました。

また、他の方が傘がなくなったと、レジの方にお話しされていることがありました。油断をしないようにと話しておられました。

買い物途中で、一旦会計をして、ナイロンの袋に入れてカートの中に置いたままトイレに行っている間に、袋の中の品物がなくなっていたと話しておられた方もいらっしゃいました。

私はトイレに行く時は、大事な物は身につけて行くことにしています。

ある方が、「今日は命日なのでお花を買ったのに、取られました」と、話している方もおられました。買い物してもこんなことばかりで、本当に油断は禁物ですね、でも、それだけ気が緩むのかしらね。やはり時間に追われて落ち着かないのかなあ……家に帰れば、家事に追われて、主婦は大変なのです。

夜はゆっくりと休みたいですね。

金縛り

息子が、「お母ー、今日は泊まりやで帰らへんで関東行きや、車中泊やね」と、言って出て行きました。今日はのんびりと一日を過ごそう、ゆっくり寝られると思っていたら、午前三時半頃のことです。私が表の間に寝ていましたら、門をガタガタと動かす音やシャッターをたたく音がしました。私はびっくりして懐中電灯をつけて表へ出ますと、何事もなかったように辺りは静かでした。

こんなことは初めてです。隣の家は電気が明々とついていましたが、何もなかったようなので、また寝ることにしました。とてもいやな感じがしました。

また何日か日がたってからのことです。朝四時頃に息子が仕事に行くのに外はまだ暗かったので、電気を点けていました。息子が「お母ー、電気消してや」と言いましたが、私は両肩を押さえつけられた感じで身動きできず、苦しんでいました。これは前に聞いたことがある金縛りと違うのかなと私は思いました。一人で苦しんでいたのですが、どうかなあ？　息子が呼んでもちゃんと返事をできたのかわかりません。

数日後、また変な夢を見ました。お布団の上から身体を押さえつけられているような、足が、身体が動きません。身体を縛られているような感じで、うなされていました。

「ウーウー」と言う自分の声で目が覚めました。

するとと身体中が汗でびっしょり濡れていたので、急いで起きて着替えました。こんなことは初めてで、不思議に思いながらもどうしたらいいのかわかりませんでした。

北町から南町に越して来た当初は何もなかったのですが、日がたつごとに、いやな事ばかり起きて苦しい思いをしました。二、三年たって、ようやくまあまあといった感じで、どうにか普通に暮らせるようになりました。あるお方が○○さんだけは気をつけるようにと、言われたと、話を聞きました。

やはり、私が来る前から、このようなことがあったようです。人様の口は信用しないように、という話でした。

私も今さらくよくよしても始まらないと、あきらめました。私は南町の「ある会」の時に、「ボランティア」ができるのだったら班長くらいはできるでしょと、ある女性から言われました。

あの人からこんなことを言われるとは思いませんでした。結局、次回からは息子が班長をしてくれることになりました。

親切な方が、私に、「良かったね、息子さんなら立派にやってくれますよ」と、励ましてくださいました。

その時にお世話になった皆さんは、現在でもボランティア会として一緒に続けておられます。私と違って息子は大丈夫と信じて、頑張るように祈っています。皆さんありがとうございました。

私はあの金縛りのような状況から逃れられるよう、田舎のご先祖様へお参りに行きたいです。でも、遠いので日帰りでは行けないので、今は考え中です。

ご先祖様、もう少しお待ちくださいませ。家で手を合わすだけではダメなのかしらね。

両親からも話してくださいね。

「ナムアミダブツ」

いい病院を選びましょう

ある日、家の近くで信号待ちをしている時に出逢った友人から「あなたはどこの病院へ行っているのか」と、聞かれました。「どこどこですよ」と言いますと、その方は毎日の血圧を書いた用紙を出して見せてくれました。○○病院の先生に血圧を測ってもらうと、血圧表を見た先生から「しらじらしい」と言われたそうです。それに数値がおかしいから、また家で測り直すようにと言われたとのこと。そして、それを聞いたご主人が少し気分が悪かったので診察してほしいと電話をすると断られたのです。その時は仕方なくタクシーを頼んで他の病院へ行ったと聞きました。

そんな先生がおられる所へは行っては「ダメ」よ、と教えてくれました。

やはり病院選びも難しいものですね。

そう言えば、私も先生が測ってくださった時に、「やはり血圧が高いですね。また家で測り直してください。帰りにどこも寄らずに家へ帰ってくださいね」と言われたことがありました。その時は、真っすぐ帰って、お昼を少し食べて横になりました。

それから二、三日は身体がだるくなりました。苦しかったですが、水分をよく取り、どうにか身体が落ち着きました。

人間の身体は「びみょう」ですね。身体が苦しくなりましたから、息子に応急診療所へ連れて行ってもらいました。

「脱水症状ですね、水分をたくさん取るように」と、言われて、お薬を五日分頂きました。それからは、お茶、水をたくさん飲みますので、トイレ通いが続きましたが、おかげさまで身体が落ち着いて楽になりました。薬のおかげです。ありがたいことです。

先生が、どこにも寄らずに家へ帰って身体を休めてくださいと言われた理由がわかりました。後で気がついたのですが、髪ボサボサでいかにも病人のようでした。

今思うと、とても恥ずかしいことです。息子も、「お母ー、散髪に行っといで」と言いました。私もそのほうが身体が落ち着くだろうと思って、美容院に行きました。

お店の方に「こんにちは。どうです、少し若向きにしましょうか?」と言っていただきました。髪を短く切って、気持ちも晴れやかになりました。これで安心です。

「お疲れさま」と言われてお金を支払い、お礼を言って帰ってきました。

久しぶりの「おじゃまる」

これで気分が良くなりましたので、久しぶりに「おじゃまる広場」に行きましたら、ボランティアの方たちばかりで、子供さんは二人しかいませんでした。前は、子供さんが多く来ていましたのに、なんだか拍子抜けというか淋しい気持ちになりました。

次は月初めに「おじゃまる」に行きますと、子供は五人でした、体重、身長測定がありました。また、その日は七夕祭りでした。

でも、やはり以前のことを考えると少し淋しいようでした。ボランティアの方も新しい方がほとんどで、あまり話をする機会がありませんでした。前の七夕祭りでは、色紙で作った短冊に願いを書いて笹に飾り、帰りの時には一枚ずつ持ち帰っていましたが、この時は出席者が少なかったので、たくさん残っていました。

後片づけをして、なんだか腑抜けたような気分になり、お疲れさんと言ってサッサと帰ってきました。

「おじゃまる」に子供が少ないのは「保育と幼稚園に入園されて、お母さん達はお勤めされている」からです。そして今頃は季節はずれの「インフルエンザ」が広まっているとお聞きしました。やはり夏風邪が心配ですね。

以前は、赤ちゃんが五、六人ほど来てお布団に寝かされていましたが、この頃は人数が少なく、なんだか淋しいです。

これまでのように抱っこして子守り唄を歌いながら、会場内を歩きたい、子供達の見守りをしたいと思います。

現在は新聞にも「おめでた」と書かれていることが少なくなっています。

知り合いも仕事が少なくなったと言っていました。二年ほど前は、育児中のお母さんが集まっている教室に行って、子供の世話をしておりましたが、コロナ禍になってからは、集まることがなくなりました。

以前はママさんが体操しておられる時も、子供の世話をしていました。あの時は一緒にお食事をして、楽しくさせていただいておりました。私は助産婦さんのお手伝いをしていたのですが、「おじゃまるが終わったら、あの教室へ行って食事しましょうか」と、よく言ってくださいました。

今の「おじゃまる」は、なんだか淋しいように思いました。

私は、その助産婦さんと一緒に「母の会」にも参加させていただいていましたが、コロナの影響もあって出席者が少なくなり、また先生の都合でいつの間にか取りやめになりました。

女子からのエール

当地では、毎週火曜と金曜は、生ゴミを出す日です。当番の日に私がケージを組み立てに行きますと、早くに来られた方が既に組み立ててくださっていました。朝は何もすることがなかったので、お昼頃に後片付けをしに、またゴミ集積所に行きました。帰る時にバスが来ましたから、バス停で待っていた男子生徒さんにバスが来ましたよ、気を付けてお帰りなさいと言って、門に入りました。振り返ると、女子生徒さんがバスの中から、「上野さんのおばさーん」と言って手を振ってくださいました。私は嬉しかったです。

でも、バスの中のお客さんや運転手さんはびっくりなさったと思います。

また、ある時には私が門の所で草を引いていると、学生さんが、「こんにちは」と挨拶をしてくれました。私も、「こんにちは。お帰りなさい、お疲れさん」と言いますと「ただいま」と言ってくれ、バスが来るまで楽しくお話ししていました。その時に「上野のおばちゃん、私たちを忘れないでくださいよ」と、言うのです。それ以降、その学生さんとは親しくなりました。

顔を見ると、「おばちゃん、ただいま」と声をかけてくれます。やはり声をかけてくれるのが、私の励みになっております。

夏休みになったら、しばらくはお目にかかりませんが、また部活動で学校へ来られる時にでも、お逢いできるのを楽しみにして待ちます。

暑い、暑いと言っている間に、月日がたって、さらに暑さが増してくるでしょうね。

熱中症が流行っているからか、救急車がよく走っています。

台風も何号だったかな、日本へ来ないようにと願いたいものですね。

暑いなあーと言っている間に雲行きが変わり雨でも降るのかしら、それとも夕立が来るのかしら、雷が光るかなーと思っていたら、突然、ゴロゴロとなり始めたのでびっくりしました。

田舎に居る時は、「夕立ち三日」と言っておりましたが、当地では、あまり聞かれないように思います。土地が変われば、なんとやらですね。

話は変わりますが、一つの新聞記事に目がとまりました。

ある方が、若い時には一年間に二十数冊本を書かれたと言っておられました。

立派な頭の持主さんには、私はどう言ったらいいのかなあ……一冊書くのに二年ほどかかる……でもそんな立派な人物になりたかったなあ……無理無理、何かしらが脳の邪魔をしているようです。恥ずかしいことです。

最近、ある方にお逢いしたら、「本を書いているのでしょう。早く読みたいなあ」と言われました。でもなかなか書けませんね、どなたか良い知恵を貸していただけませんか？なんてね。

でも今になって思うのですが、なぜ本を書こうと思ったのかなあ。

七冊まではどうにか書かせていただきましたが、実は十冊ほど書きたかったのです。でも、今の頭ではどうでしょうね、難しそうですね。

また何を言っているのかと言われそう……。

あの学生さんたちのように元気にお話しをしていますと、また何か書きたいと思うことがあるでしょうか。ぜひ力をお借りしたいです。

先日の朝、学生さんがクラブで学校へ行かれる時、おばちゃんと言って手を振って、おはようございますと元気良く挨拶をしてくださいました。私もおはようございますと頭を下げ手を振って合図をし、「頑張ってね、暑いから気をつけてね」と言うと、頭を下げて嬉しそうに、ありがとうございますと言ってくれました。優しい学生さんだなあ、と嬉しくなりました。

私はこういう娘が次、次とできます。彼女たちの顔を見るなり、心が穏やかになります。今日は良い一日になるだろうと胸に手を当てて幸せを願っております。学生の皆さん、本当にありがとう。何もかも頑張ってネ、私も学生さんに勇気をいただいています。くよくよせずに頑張ります。

ありがとうございました。

ある人生の物語より

テレビである人の一生の物語を放送していました。見ていますと、夫婦仲良く穏やかな生活を送っておられました。二人の子供さんの世話で仲むつましい状況でした。

ある日、奥様が急に倒れ、病院へ入院されました。ご主人は子供さんの世話をしながら働いておられました。一年ほどで奥様の病気も少し良くなり、また、子供さん二人も元気良く育ってました。生活が落ち着くようになってから、何か商売をしようとある仕事に修業して、小さいながらも飲食店を持ち、家族四人で支え合いながら元気に暮らせるようになりました。娘さん二人はお母さんの世話をしながら勉強して看護師になり、家族の健康を見守っています。この番組を見ていて、家族の「和」というものは大切なものやとつくづく思いました。

私の人生も、こんな立派な人生を送れていたら良かったのになあー。

世間から見れば立派な家族と思われていたようだけど、もう少し考えることができるゆとりのある生活ができたら……。
元には戻れない運命ですが……。

北町の親切なおまわりさん

私が以前北町に来た時、町内を歩いていますと、最近越して来られた方ですね、と聞かれました。この町は静かな良い町やで、家族をこの町へ呼んであげなさいよ、と親切に言ってくださった奥様がおられました。

買い物からの帰りに、またその奥様に出逢いました。買い物でしたか？　お帰りなさいと言ってくださいました。その時、私も「こんにちは、ただいま」とお答えしました。

私は離婚して息子と来ましたとは言えませんでした。でも、その時はホッとしていました。息子が守ってくれていると安心していたのです。

買い物に行く途中の信号がある所で「おまわりさん」が立っておられました。

こんにちは、と挨拶をしますと、お宅は最近引越しされて来られた方ですねと、言われました。見慣れない方だったので、お宅の前でお話しさせていただいた者ですと、言われました。

私は忘れていましたので、そうでしたか、失礼しましたと、笑いながらお話しさせていただきました。私はそんなに特徴のある人間かな？　その時に「奥さん、私を覚えていてください」と言われたので、私も「ハイ」と言いました。また困ったことがあれば話してくださいと言われました。親切な「おまわりさん」だなー。スーパーの下が交番です。

私は、道を覚えるために町内を歩いていることなどをお話ししました。また注意しながら見回りますねと、言われました。

親切な方だったので、「私が書きました。お忙しいでしょうが、本に目を通してください」と言いますと、「ありがとうございます。大切に読ませていただきます」と、言ってくださいました。あれから何年たったのかしら。懐かしい思い出となりました。

ある時、おじゃまるに「交通指導員」として来てくださった時に、またお目にかかりました。その時に、あなたは交番へ来てくださった方ですねと、覚えていてくださり、優しく応対をしてくださったことを嬉しく思いました。

そう、こんなことがありました。ある日、何かで交番へお電話しますと、お名前はと聞かれましたので上野明子ですとお答えしますと、「アー、私です。前にお話しさせていただいた○○です」と、覚えてくださっていました。嬉しかったです。その節はどうも、と言ってお話ししました。

私は道を歩いていると、「車のカギ」か「お家のカギ」が落ちていましたので、交番へ届けに行きました、そしたら詳しく「どこで見つけられましたか」と、言って地図を書いていただきました。「わかりました。これでいいですね。もし落とし主さんが訪ねて来られましたらお渡し致します」「よろしくお願いします」と言って帰ってきました。

子供の頃に警察官の人は怖いと、母に言ったことがあります。母が私に何か悪いことをしたのかと聞くので、いや何もしてないよと言いました。母にはよく、悪いことをしたら○○の叔父さんに言うよと言われていました。

父方も母方も両方の弟さん（叔父さん）が元警察官でした。

親切な方とお話しするのは、感じがいいものですね。

こんなこともありました。ある日、「上野さんに証明していただきたいことがありますので、○月○日に寄せていただきます」と電話がありましたので、お待ちしておりますと答えました。二人の方が来られました。

何のことかわかりませんが、証明が終わった後で、用意していた珈琲とお茶菓子をお出しすると、「ありがとうございました」と言って一人が先に帰られました。お菓子をどうぞ、包みましょうかと言いますと、もう一人の方が、「ありがとうございました、失礼します」と言って、お菓子を鷲掴みにして帰られました。ありがとうございましたと、私は頭を下げたまま、唖然としていました。その人のお行儀の悪さにびっくりして、息子にも誰にも言えませんでした。

ある所でその方をお見かけしましたら、〇〇主任の名札を下げておられました。

私たちの子供の頃と変わりませんね。

今でも鷲掴みする人がいるのですね。何も食べていない子供と一緒やと、後であきれていました、大のおとなが……「アラ、ハズカシ」。

田舎にいた時に〇〇会の方が順番で集金に来られたり、近所の方が立ち寄ってくださったりした時は、コーヒーをお出ししてお話し会のように楽しんでおりました。お茶を飲みながら、お菓子を食べながらと色々なことがありました。今でも昨日のことのように思い出します。

誰もあの「下品」な掴み方はしてなかったね。

北町のことが懐かしいです。

著者プロフィール

上野 明子（うえの あきこ）

1940年、京都府生まれ。
二人の男子の母親。
現在は子育て支援のボランティアなど、地域活動で多忙な日々を送る。

著書
『我が生い立ちの記―つれづれに』（2007年、文芸社）
『山あり、谷あり　我が茨の人生』（2009年、文芸社）
『夢をつむいで』（2011年、文芸社）
『根を下ろして生きる』（2014年、文芸社）
『日々なないろ　心の絆』（2016年、文芸社）
『空の向こうへ～感謝の日々、これまでもこれからも』（2018年、文芸社）
『いつも笑顔で「こんにちは」』（2019年、文芸社）

ただいまとおかえりの間で

2024年4月15日　初版第1刷発行

著　者　上野 明子
発行者　瓜谷 綱延
発行所　株式会社文芸社
〒160-0022　東京都新宿区新宿1－10－1
電話　03-5369-3060（代表）
03-5369-2299（販売）

印刷所　図書印刷株式会社

ISBN978-4-286-25144-8